缘起·基石

王淳华　主编

Great Western Hills

北京出版集团公司

北京出版社

《大西山》的诞生

　　2016 年秋，纪录片《大西山》历经三年的精心打造，终于完成了。

　　一个执念，上千个日夜，相依相伴、魂牵梦萦，一群电视人和一座山的纠葛，密密匝匝缠绕起了这一部《大西山》。三年的光阴，让初始的一个心愿，远远超越了我们作为职业的本分而成为一个爱的执念，这种执念可以让我们纵横奔袭数万公里，记录大西山的草木荣枯、四季更迭；这种执念可以让我们迎着寒风，登上大西山最高峰海拔 2303 米的灵山顶峰，拍摄云雾缭绕、日出日落；这种执念可以让我们下到京西煤矿几百米深的井下，挖掘大西山的基石，领悟乌金墨玉的含义；这种执念也可以让我们潜入水底，探寻山水之间的另一番奇妙境界。

　　一次修行，两百多位专家学者的论证，数以万计典籍的阅读查询，上百次的实地勘察采访，一群电视人在一座山的修行，一步一个脚印描绘出了这一部《大西山》。三年的光阴，让一场拍摄不知不觉变成了一次修行。这种修行，可以让我们驰骋上下五千年，追寻大西山搏动不息的血脉，探索大西山的源起，直至 50 万年之前远古的祖先北京人的历史足迹；这种修行，可以让我们在人类文明的长河中忘情恣意地漂流，触摸千年的文脉,感知风云变幻、潮起潮落的洪荒之力;这种修行,可以让我们从现在穿越到西周的燕国,穿越到金、辽、元、明、清各个朝代,拂去历史的尘埃,面对近百位创造历史,扭转乾坤的英雄人物,与他们进行跨越时空的交流,魂归来兮;这种修行,可以让我们在发现历史的同时,也发现了我们自己,就像一束光,照亮了我们的人生。

一种表达,4K 电影摄影,80 幅原创绘画,100 多分钟的航拍素材,2000 秒的三维动画,一群电视人对一座山的表达,由一次次聚焦,一个个镜头逐步建构成了这一部《大西山》。三年的光阴,让一种表达变得深沉而丰富。这种表达,可以让我们扛着沉重的摄影器材,跋山涉水,望香火,问古道,千万里追寻我们的"家源";这种表达,可以让我们再现近百位历史名人的生活场景,有铁血烽烟,也有脉脉深情。风云际会,八面来风,多种文化在这里融流汇聚,呼唤与共;这种表达,可以让我们珍视一朵花的颜色,一片云的姿态,一个人的情绪,珍视每一处风景,因为这就是大西山,深深的印记已经刻在我们每个人的心中,永远不会磨灭。

大西山,我们的一家之言,一园之说。这是我们走过的一段旅程,看过的一片景色,留存的一个记忆,填补的一项空白。难得的是,一切都那么美好。

谨以此片献给千百年来滋养北京城的大西山!

写意大西山

——那山 那城 那事 那人

冬日暖阳中，我轻轻走出机房，尽量不打扰还在编辑线上忙碌的伙伴们。是的，《大西山》开播已有几天，按照原计划我们所有的播出带已经上线备播，可是近来几乎每天都有好朋友刷屏提出不同视角的评价，还有一些朋友提出了特别好的建议，其中就包括我在半小时内刚刚赶制完成的30秒宣传片——"中国第一声"的任志宏百忙中秒回私信，慨然应允配音。又一次应验了朋友们打趣我的话"片子不到播出危机时刻，你永远在修改"的秉性。我只能笑答："我是工匠。"

三年了，《大西山》终于以大型人文历史纪录片的定位与大家见面，而对我和团队来说，这次邂逅称得上是一种生命的定格。正如发布会上我说的第一句："最长情的告白是坚守，最迷人的永恒是邂逅！"

从中国电影百年盛典晚会《百年历程 世纪辉煌》到大型选秀活动"红楼梦中人"；从纪念改革开放30周年大型音乐纪事片《岁月如歌》，到中华人民共和国成立60周年的文化史诗《百花》；从中国电影人全景式大型人物纪录片《世纪影人》到纪念北京人民艺术剧院六十周年院庆，用 3 个月时间赶制出的大型人文艺术纪录片《人民的艺术》……时间紧、任务重，似乎已成了我工作的常态，可是 2014 年年初我与好友、时任北京市石景山区常委、宣传部部长的王文光，北京电视台副总编辑、时任新闻中心主任艾冬云谈起西山文化这个话题时，却从未想过这会是如此庞大而艰巨的一项文化工程：将近 1000 个日夜的殚精竭虑、24 个月的采景拍摄、行程跨越京津冀，直至内蒙古、山西数万公里，加上 365 天的后期精心打磨，在各界好友、专家学者和前后期团队的鼎力支持下，我终于能够向观众交上这份前所未有的荧屏写意之作——《大西山》，第一次全面系统地梳理了西山文化的脉络，填补了西山永定河文化带学术梳理与影像表达的空白。

拍摄《大西山》之前，北京的西山对我而言只是一片休闲徜徉的山丘，和许多北京人一样，我从来没有从文化与历史的角度去体会、探寻它的全貌。直到确认要拍摄这样一部纪录片作品，先后与两百多位不同学科专家研讨、实地勘察、查阅大量资料之后，我才顿时警醒：大西山不仅是一座自然山脉，它更是一座包含人文精神、跟中国历史命运息息相关的山脉。北京建城 3062 年、建都 864 年期间的朝代更迭、风土人情，无不与大西山有着千丝万缕的联系，大西山蕴含了无限丰富的人文资源和文化底蕴。大西山是北京人的故乡、北京城的摇篮、国家文化的重要组成部分；它是中华文明 5000 年璀璨文化的缩影，它是世界文明史上不可缺失的华彩篇章；它是我们这座城市的精神家园，它是我们内心深处的文化图腾。我开始对大西山充满敬畏和神往——大西山的文化资源太丰富了，我和时任北京市海淀区常委、宣传部部长陈名杰不约而同地发誓：咱们下半辈子就做大西山！

"北京的灵性，全在西山那一抹晚霞"，这是诗人徐志摩对北京西山的由衷赞誉，也对这部人文历史纪录片创作提出了巨大挑战！我们从人类文明发展史和文化学视角出发，立足北京建城3062年和864年建都史，对西山文化进行一次全新定位和纵览，以及主题化的系统呈现，站在时间和空间、继承和发展坐标上审视大西山。初步将大西山所涵盖的门类庞杂的人文历史细分为《缘起》《基石》《香火》《烽烟》《园说》《文脉》《魂归》《融流》《家源》《问道》十个主题，每个主题对应着大西山所包含的自然、城池、物产、寺庙、园林、文脉、陵寝、古道、民俗、军事，以及多元文化融流等内容。目前播出的这一部10集纪录片只是一个开端，三年来我们多方收集、采访、实勘和拍摄的素材，几乎每一个主题都可以延展出独立10集的纪录片。

就像以往每部作品我都会有独家"淳华"印记一样——艺术的呈现载体、宏大的历史叙事，时代的集体记忆，《大西山》也不例外。在创作上除了沿用我以往非常强烈的个人风格外，内容上主动放弃个人情感表达，因为大西山的历史太厚重，时代太久远，内容太陌生，只能用有限的篇幅把大西山概念简明地介绍给观众，无法深入展开和私情流露。为了追求客观叙事，通篇气质有些矜持，这也许是题材的限制吧；除此之外，《大西山》创作在纪录片美学上大胆试新突破，采用绘画的元素来填补影像拍摄的不足，大大增强了一些历史场景的可视性和艺术感。因为有些场景即便用情景再现的方式也很难呈现，而绘画反而可以留白，特别是选用水彩画风格表达，既有国画的气韵，又有丰富的色彩，给观众更多飘逸的感受和想象的空间；同时，《大西山》每一集中大家都可以看到4K摄影、水下拍摄等特殊拍摄手法，将最先进的纪录片拍摄技术与精美绘画相配合，与娓娓道来的旁白相得益彰，虚实相结合地呈现在观众眼前。

《大西山》于 2016 年 12 月 5 日至 2016 年 12 月 16 日在北京电视台卫视首轮播出期间，非黄金时间段平均收视率高过同时段热播电视剧。人民网、新华社、光明日报、北京日报、新浪、搜狐、腾讯、爱奇艺、网易、优酷、第一视频等均在首要位置对纪录片进行多频次推出，"大西山"也成为百度、360 热搜词之一，新浪微博相关热议话题累计阅读量达 1130 万人次。创新性地为本片专门推出的《大西山》微信公众号，在播出期关注人数增长 71%，首创为一部纪录片开公众号，持续一年，多维度提升坚定文化自信。有些超出预期的是：这种跨媒体、全代际、多叠加的传播方式不仅赢得各级领导、业界专家、社会各界人士高度重视和广泛好评，还赢得 80 后、90 后、甚至 00 后观众的普遍赞誉。

最令我欣慰的是，北京史研究会秘书长李建平先生反复提到：当初正是因为你们做《大西山》纪录片前期的学术调研，才第一次提出了西山文化带的概念，由此引出了北京市政府西山永定河文化带、长城文化带和运河文化带三个文化带的探寻和建设规划。

作为电视人，用三年时间创作一部作品是有些不可思议，简直就是修行。这三年的修行是发现、重塑自我的过程；找到了对职业的那份爱，默默耕耘、上下求索的生存价值和职业本分。在新媒体时代，传统媒体人面临的挑战让我常常思考：电视应该提供给观众什么样的节目？在商业诉求和主流文化价值观之间如何找到定位？作为资深媒体人怎样面临新媒体新技术的挑战而立于不败之地？当下技术是否绑架艺术，还是说艺术完全依赖技术？中国具有丰富的纪录片创作资源，怎样更好地开发国际市场，并占有一席之地？在新媒体变革时代，怎样沉下心来创作有价值的作品？

2017年6月，《大西山》获得国家新闻出版广电总局颁发的2016年度优秀国产纪录片及创作人才扶持项目"优秀系列片"大奖。2017年12月又获得北京市新闻出版广电总局奖励。这是对我们三年潜心创作最积极的鼓励和肯定。

作为一名20多岁就在北京人民艺术剧院做戏剧导演、30多岁远赴伊拉克巴格达拍摄战地纪录片、40多岁已环游世界30多个国家、兼顾导演和制片人于一身的电视人，我越来越感觉到自己承载的不只是一部电视作品的制作与播出，而是如何用自己多年累积的经验和资源传承，传播中华文明的精粹，以最先进的多媒体视听表达提升民族文化自觉，增强文化自信力。

大西山就像一位饱经沧桑的母亲，用丰饶的物产和丰富的文化哺育着北京城，在历史车轮的进程中，北京城从一片台地演变成了如今聚集千万人口的国际大都市，当我们站在528米的"中国尊"高处遥望大西山，更应该对这座联系着自己祖先血脉的山脉有所了解，知道我们从哪里来，又将到哪里去，以及怎样反哺我们的母亲。历史轮回中有必然的循环，文化就是这样一代一代传承下去，这也是人类文明的延续。

如今，我们有幸赶上可以开着德国车，看着美国片，品着法国菜，喝着南非红酒，可以直播连线巴西奥运会的地球村时代，却常常为身边的年轻人不知道、不了解自己从何处来而深感焦虑不安。也许，一部《大西山》只能是中华千年文明的沧海一粟，我却甘愿为之倾尽心力，唯愿这部作品能激起你心海中的朵朵浪花。因为，《大西山》所能给予我们的，远不止是300分钟内容和N个第一，而是足以助力大家飞越地球村的隐形翅膀！

　　在本书出版之际，再一次感谢我供职的北京电视台各位领导给予我创作上的放任和偏袒；感谢海淀、石景山、昌平、门头沟、房山五区委宣传部的慷慨支持；感谢200多位专家学者的保驾护航；感谢远在巴黎的范曾先生为我的作品第四次挥毫题字；感谢摄制组的全体家人相依相伴、风雨同舟；感谢北京出版社的编辑们辛苦的付出，感谢北京市委宣传部宣传文化高层次人才培养资助……一并感谢。

王淳华

2017年12月

大西山

Great Western Hills

緣起

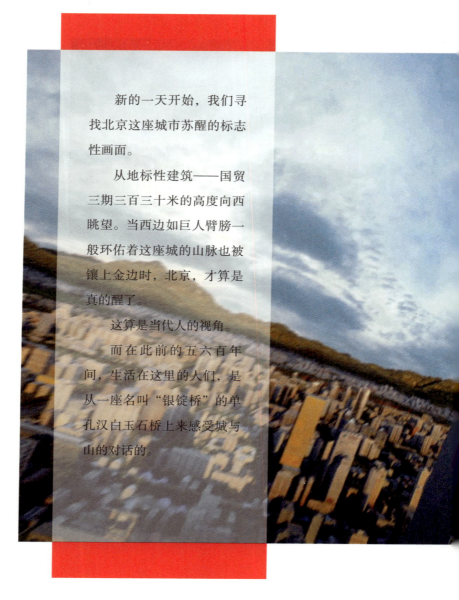

新的一天开始，我们寻找北京这座城市苏醒的标志性画面。

从地标性建筑——国贸三期三百三十米的高度向西眺望。当西边如巨人臂膀一般环佑着这座城的山脉也被镶上金边时，北京，才算是真的醒了。

这算是当代人的视角。

而在此前的五六百年间，生活在这里的人们，是从一座名叫"银锭桥"的单孔汉白玉石桥上来感受城与山的对话的。

银锭桥： 位于北京市西城区什刹海的前海和后海之间的水道上。为南北向的单孔石拱桥，南北横跨在连接两海的细脖处，长12米、宽7米、高8米、跨径5米，有镂空云花栏板5块、翠瓶卷花望柱6根，因形似银锭故称银锭桥。是什刹海的风景之一，燕京小八景之一。过去站在银锭桥上可遥望西山，故景名为"银锭观山"。

当西边如巨人臂膀一般环佑着这座城的山脉也被镶上金边时，北京，才算是真的醒了

山，很近，也很远。

北京这座城，如何衍化为今天的模样？城中人那独特的气韵又从何而来？凝结在血脉中的那份偏爱，怎么会代代相传、绵延至今？当岁月的长河在镜头前定格，那一个个横断面，注定会成为今天我们解读因果的样本。

银锭桥清朝复原图

十集大型人文历史纪录片《大西山》	
第一集	《缘起》

　　大西山，属太行山山脉，古称"太行之首"。 北至昌平关沟，南抵拒马河谷，东临北京小平原，西与河北交界，总面积约占北京市域的近六分之一。它像一只臂弯护卫着北京城，因此又有**"神京右臂"**的雅称。

　　美国地质学家**贝利·维里斯**在20世纪20年代，用"北京湾"这三个字，来形容北京独特的地理样貌：三面环山、一面开敞，这座有着三千年建城史、八百年建都史的名城就在这港湾里度过了岁岁年年。

太行八陉·飞狐陉（山西省）

如果再增加一个审视的维度，我们会选择"太行八陉"。"陉"，乃山脉中断之地。太行山上的这八个豁口，自古就是华夏文明最初的聚集地——晋、冀、豫地区穿越太行山的咽喉要道，也是连贯西部高原与东部平原的唯一纽带，而最北端的"军都陉"正是大西山自北向南的地理起始点。

太行八陉：陉，音 xíng，即山脉中断的地方。太行山中多东西向横谷（陉），著名的有军都陉、蒲阴陉、飞狐陉、井陉、滏口陉、白陉、太行陉、轵关陉等，古称太行八陉，即古代晋冀豫三省穿越太行山相互往来的 8 条咽喉通道，是三省边界的重要军事关隘所在之地。

军都陉·居庸关（北京市昌平区南口）：大西山自北向南的地理起始点

如果从横贯华夏东西的山系图景来考量大西山的位置，我们又可以得出这样一个结论：沿着"祖龙"昆仑山向东，顺势排列有北龙、中龙、南龙三大山系阵列，大西山恰恰就在"北龙"一脉，成为建构华夏地理走势的中坚力量。

如此显赫的地理要冲，注定了大西山会成为中华文明史重要的塑造者和见证者。一亿三千万年至七千万年前，大西山随着太行山的隆起而拥有了生命的能量。只是，它一直沉睡着，直到那叮咚响脆的水声的鸣响，叫醒了它。

管涔山天池（山西省宁武县）

永定河流域图

山西省宁武县的**管涔山**，润泽大西山乃至北京城的**永定河**，就发源于这里。

天池温婉怡然，然而谁能想到，永定河水从此浩浩荡荡奔涌四百多千米、冲进大西山的百里山峡后，竟迸发出如此巨大的力量。永定河水与大西山联手，完成的是一项造化注定的旷古烁今的大工程。

潮河

密云水库

官厅水库

潮白河

温榆河

北运河

永定河

拒马河

五大水系图

一同作战的还有潮白河、温榆河、拒马河以及沟河（沟，音jū）。五大水系在三百万年前，将各自的洪积冲积扇连为一体，从而造就了坦坦荡荡的北京小平原。

从此一切都有了根基，所有的故事也就有了书写的可能。

纵观人类发展的历史，一座伟大的城市，总是会有一条伟大的河流伴随左右，伦敦与泰晤士河、巴黎与塞纳河、维也纳与多瑙河、巴格达与底格里斯河……河流孕育了城市文明，也决定着城市的发展和变迁。

周口店猿人洞（北京市房山区）

历史的大幕即将拉开。不论是遥遥西山巍峨静立，还是永定河水恣肆欢腾，其实，它们都在等待……直到一串小小的脚印出现在山之间、水之侧。

那是华夏民族的祖先，踩着历史的锣鼓点儿，登场了。

猿人洞，是周口店的心脏。每年，都会有二十多万人来到这里，看看历史课本上这个神秘头像的出处，当然，也可以说他们此行是为了寻找那个困扰人类的终极问题的答案——"我从哪里来"。

周口店遗址（北京市房山区）

周口店遗址： 位于北京城西南房山区周口店镇，这里是中国著名的出土古人类化石、文化遗物和古动物化石的史前遗址，曾生活着距今70万年至20万年前的"北京人"、距今20万至10万年左右的早期智人"新洞人"、距今3.85万至4.2万年前的"田园洞人"、距今3万年左右的"山顶洞人"。这些古人类、古文化和古脊椎动物化石地点，被统称为周口店遗址。

安特生和他发现的古人类牙齿化石

即使再粗心的参观者，也一定不会错过位于猿人洞后山上的这一片静谧的墓园。

裴文中，史前考古学、古生物学专家。他的人生与周口店发生关联，是在1929年。此前，周口店古人类遗址的考古发现之门，已由瑞典科学家**安特生**率先打开。一颗人类牙齿的发现，震惊了世界。要知道，当时在亚洲大陆的任何地方，包括中国，此前都没有发现过这样古老的人类化石。裴文中这一代的年轻学者，正是在这样的背景下走进周口店的，他们希望找到更加"重量级"的古人类遗迹。

裴文中：（1904.1.19—1982.9.18），字明华，河北丰南人，史前考古学、古生物学家。中国科学院古脊椎动物与古人类研究所研究员。1927年毕业于北京大学地质系，1937年获法国巴黎大学博士学位，1929年起主持并参与周口店的发掘和研究，是北京猿人第一个头盖骨的发现者，1955年被选聘为中国科学院学部委员（1994年，"学部委员"改称为"院士"）。

惊喜，出现在 1929 年 12 月 2 日下午 4 点多钟。当时，裴文中正打算清理完最后一片遗迹就收工了，却意外地发现了一个带弧度的硬物。那是一片头骨，人类的头骨。

天色将晚，几经思量的裴文中还是决定用撬棍把它撬出来。刚刚撬了两下，头骨的一部分就因震动而破碎了。在那断面，他竟然意外地发现：头骨有着如此令人惊奇的厚度，远非现代人可比！这个意外中的意外，让裴文中直到晚年仍慨叹不已："真是像坐过山车一样悲喜交集啊！"

裴文中将脆弱的头骨糊上好几层绵纸，再用石膏和麻袋片固定。在运往北平城的前一天，他拍下了这张照片，因为拍照的人太在意这颗头骨了，甚至连裴文中的脸都没有拍全。

裴文中与北京人头盖骨（1929年12月）

　　随后，连续多年在周口店的系列考古挖掘，证实了包括北京人在内的直立人，是南猿的后裔，又是后来的智人的祖先。人类发展史，因为有了北京人的存在，而填补了重要的一环。

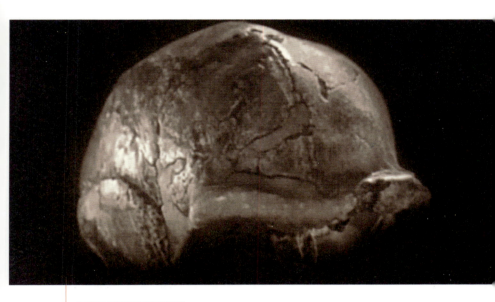

北京猿人头盖骨（复制品）

"北京人" 遗址

北京猿人生活场景（复原图）

生活在大西山脚下的"北京人"，何以在这里居住了五十万年之久呢？寻找答案，必须重返历史现场。当我们还原了北京猿人的生活场景，就会发现，是大西山以丰厚的自然馈赠，为我们的先人营造了既安全又舒适的"家"。

　　试着设想一下北京猿人的餐桌吧：山杏、山桃、桑葚、紫豆、胡桃，偶尔也会有双角犀牛、肿骨大角鹿或者棕熊、野猪……正是大西山给予周口店如此丰沛的食物来源和依山傍水的生存台地，才使得这里成为中国远古祖先的故乡，也一跃成为世界级的人类发祥地之一。

　　纵观北京地域内的古人类遗迹，旧石器早、中、晚期的北京猿人、新洞人、田园洞人和山顶洞人，新石器时代早期的东胡林人、中期的上宅文化遗址和雪山文化遗址……原始社会人类历史的全貌，在北京这片土地上一一展现。如此规模、如此密度的叠加遗存，不能不说，这里自有史以来就是一块受到上天眷顾与怜爱的风水宝地。

北京猿人的餐桌（复原图）

　　有趣的是，如今繁华的王府井商业街南端，早在两万五千年前，就有古人类生活于此。1996年，时为北京大学博士生的岳升阳，在东方新天地施工现场，通过一条很不起眼的黑色炭迹，发现了这片距今两万五千年前的旧石器晚期遗址，这是世界范围内首次在国际化大都市的中心发现古人类文化遗存。

　　当人们在今天的街市感受此刻的繁华，可曾想过，远古人类的祖先也曾在这里留下他们的喜怒哀乐、生老病死？穿越时空，古今的我们一直都在一起。

岳升阳在施工现场

　　从 1918 年安特生初访周口店至今，已近一个世纪。裴文中当年用过的那些挖掘工具，如今传到了新一代的考古后辈们手中。对东方人类起源未解之谜的探寻，仍在这些拙朴工具的帮助下经年累月地继续着……

安特生

安特生：（Johan Gunnar Andersson，1874.7.3—1960.10.29），瑞典地质学家、考古学家。安特生拉开了周口店北京人遗址发掘的大幕，被称为"仰韶文化之父"，他改变了中国近代考古的面貌，曾被中国评价为"了不起的学者"，也被骂作"殖民主义和帝国主义的帮凶"，但最终还是回归为一个成就卓著的学者。

西周燕都遗址（房山区董家林村）

公元 2016 年，北京这座城，三千零六十一岁了。相比现代都市的繁华与喧嚣，这片土地上最早的城垣之一显得黯然而宁静。它，就隐藏在房山区琉璃河镇董家林村，这一片看似荒芜的土路下面。

公元前 1045 年，正值西周初年。今天的北京地域内先后分封了两个诸侯国，它们是蓟和燕。

五大水系图

西周初的蓟和燕

　　第一代燕侯是召公的长子，名叫**"克"**，他对燕都的建设堪称苦心孤诣。这座长方形的都城，北墙长八百二十九米，东、西墙如今仅残存各三百多米。由此推算，三千多年前的西周燕都城址至少有六十万平方米大小，只比今天的故宫紫禁城小六分之一左右。

西周燕都面积示意图（北京市房山区董家林村）

　　如今，燕都城垣的地上部分都已消失在历史的风烟中，好在从距离北京二百多公里的河北易县、燕下都遗址中，我们还能够见得到同时代城垣的轮廓。它们由黏土从下向上夯筑而成，筑城用的夹板、穿绳、穿柱所遗留的痕迹，至今清晰可见。

西周燕下都遗址（河北省易县）

再见周人（复原图）

今天我们的脚步，与三千年前在西周城垣中进进出出的先人的脚步，戏剧性地叠加在一起。那时的他们，一定无法想象今天城市的样貌，而此刻的我们却有幸回到过去，再见周人。

正是他们——生活在这片土地上的最早的"城里人"，在大西山的环佑下，依周礼而过得平和而儒雅。这里是周王朝少有的几个能够铸造青铜器的诸侯国，甚至在三千年前就已经用上了地下排水系统。燕都与蓟城，是中国版图上最早出现的城市雏形所在，是最早沐浴华夏文明光辉的黄金之地，对今天的我们来说，依然充满无限想象和惊叹。

　　多年之后，位于西南的燕，灭掉了位于今天广安门一带的蓟，并将国都迁徙至此。燕都旧地在随后的两千多年里再无大型城市出现，反倒让今天的我们有幸挖掘到遗址，而重新见识西周旧貌。伴

蓟城纪念柱（北京市西城区）

随着周朝历史繁盛了八百多年的蓟城，建于永定河古道的蓟丘之上，正因为地理位置优越，后人在同一地点反复修建城市，使得最终遗迹无存。

蓟城纪念柱（局部）（北京市西城区）

《北京建都记》（局部）

历史的选择，徘徊在"有心栽花"与"无心插柳"之间，不由得令人唏嘘。

关于蓟城的遗迹，并非无迹可寻。有一处悠然的所在，绵延三千多年，一直守护着古蓟城的气息。

清晨的莲花池公园，静谧而安详。待放的莲花相伴晨练与踏青的人们。无人想到，这一池莲花，摇曳了三千年，池水涟涟，映照出北京城最初的模样。

清晨的莲花池

娇艳欲滴的莲花

莲花池公园： 位于北京市丰台区西三环中路东侧，六里桥东北处，属于北京市一级古遗址公园。莲花池是北京的发祥地，距今有3000多年历史，古时曾有"西湖""南河泊"之名，后因广种莲花故称"莲花池"，是北京古城供水的主要来源。北魏郦道元的《水经注》中讲到这里为"燕之旧池"，"亦为游瞩之胜所也"，如今的莲花池公园亦深受北京市民和游客的喜爱，莲花池荷花节和莲花池庙会是其创建的特色文化品牌活动。

  "莲花池"这三个字，重新回到公众视野，是1981年的事情了。

  那一年的金秋十月，有"老北京活地图"之称的北京大学教授侯仁之先生，听到了一个令他既高兴又担忧的消息：北京要建西客站了，选址就在莲花池。

莲花池，是蓟城的依托。"凡立国都，非大山之下，必广川之上。"春秋时期的政治家管仲在《乘马》篇中的这番话，也佐证了莲花池与蓟城的关系。如果没有莲花池，受封比燕都还要早的蓟城就无所依托，而作为五朝古都的北京城，也就无源可溯、无本可循了。

这一点，对于侯仁之来说，是再清楚不过的。历经三千多年风雨仍保留至今的莲花池，怎么能在今天被现代文明所替代并湮灭呢？

著名历史地理学家侯仁之（左）及爱人

最终，侯仁之先生力保莲花池的动议被采纳。虽然多花了十四个亿的拆迁费，西客站的主楼也比设计规划向东北平移了一百多米，但见证了三千多年建城史、八百多年建都史的莲花池，终于得以保留，并重现了当年"水面清圆，一一风荷举"的秀色神韵。

侯仁之：（1911.12.06—2013.10.22），生于河北省枣强县，籍贯山东恩县（现山东德州平原县恩城镇）。中国著名历史地理学家，中国科学院院士，被誉为"中国申遗第一人"。1940年毕业于燕京大学，1949年获英国利物浦大学博士学位。1952年，侯仁之在北京大学正式开设中国第一个"历史地理学"专业。1950年发表《中国沿革地理课程商榷》，第一次在中国从理论上阐明沿革地理与历史地理的区别及历史地理学的性质和任务，为中国现代历史地理学的建立奠定了理论基础。1980年当选为中国科学院地学部院士。1999年为表彰侯仁之在历史地理学领域的卓越贡献，美国地理学会授予他"乔治·戴维森勋章"，侯仁之成为全世界获此殊荣的第6位著名科学家。主编有《北京历史地图集》，出版《侯仁之文集》等。

水面清圆，——风荷举（效果图）

直到今天，在北京这座城的方方面面、角角落落，仍能频繁地看到"蓟"与"燕"这两个承载着城市文明起源的汉字。它可能是一座桥，也可能是一栋建筑，或者就藏在某个孩子的名字里。历史、传统、文化，如同这座城市的血脉，供给着不曾将息的生命之源。

关于北京城的记忆，有着多种保留方式。这幅被推断为明初宫廷画师所绘的《卢沟运筏图》，可以帮助今天的我们，回到那个城与山发生最紧密关联的时代。这幅画对于北京，如同《清明上河图》之于北宋的都城汴京。

《卢沟运筏图》：成品于元朝，现藏于中国国家博物馆，一直以来都被视作元代佚名画家的精彩之作。此图描绘的是元朝初年营建大都城时通过卢沟桥运输建筑木料的场景，画面中央的石拱桥正是北京西南的卢沟桥，而画面上部的山脉，就是卢沟桥北面的西山。

《卢沟运筏图》（局部）

《卢沟运筏图》中的背柴人

当视线穿越卢沟两岸，把运送粮食的车辆甩开，不必顾及揽客的小二、喂马的伙计、穿梭不止的小跑堂儿，那么，这几个背负柴薪的人，就是画中的主角。他们从大西山采集木柴，那一队驴子所载的木炭、石灰也都来自于身后的大西山。而在卢沟河也就是今天的永定河中，那些运木柴的竹筏，正穿过桥洞，顺流而下。

明代《西迁注》称："西山林麓苍黝，溪涧镂错，内中物产甚饶……。"这幅《卢沟运筏图》呈现出的，正是元末明初生活在大西山脚下的华夏子民，依山而居、傍水而达的生活图景。

然而，就是这物产丰饶的大西山，自辽金在此建都起，经历了有史以来最为严峻的生存考验。

伐木复原图

　　杨赟是永定河上游、蔚州的一位伐木能手，至元四年，也就是 1267 年，他随三千多人一起在大西山的密林中伐木，为忽必烈兴建元大都筹备木料。

　　伐木建都，在那时候是元帝国的头等要事，每一道御令下达，人数都在三千以上。据《元史》记载：永定河上游的张家口、上邑等地，一年四季遍布着伐木、运木的民夫，历时二十四年之久。

此时，元世祖忽必烈最宠信的重臣**郭守敬**也在为筹建大都苦心孤诣。伐木不易，运木更难。"十二月丁亥，凿金口，导卢沟水以漕西山木石"，《元史》中确切记载了这一盛况："八十根大木为一筏，配备水手十人，运夫四十人。"规划严整、气势恢宏的元大都，就在大西山巨木磐石的簇拥下，屹立于都城的中心，成为 13 世纪世界上最大、最繁华的都市。

郭守敬：（1231—1316），字若思，汉族，顺德府邢台县（今河北邢台市邢台县）人。元朝著名的天文学家、数学家、水利工程专家。官至太史令、昭文馆大学士、知太史院事，世称"郭太史"。他制定出通行 360 多年的《授时历》，成为当时世界上最先进的一种历法，并设计通惠河，解决了大都的运粮问题。

郭守敬铜像（郭守敬纪念馆）

元大都（复原图）

　　从封国的都城，到边防重镇，最终一跃而成五朝古都。全球只有极少数城市像北京一样，能够长时间地拥有"作为一个国家的政治和文化中心"的负载与尊荣。《不列颠百科全书》将北京形容为世界上最伟大的城市之一，"这座城市的历史是中国历史最重要的组成部分。在中国过去的八个世纪里，北京所有主要建筑都拥有不可磨灭的民族和历史意义"。而为这样伟大都城的建设提供重要物质给养的，正是远处的那座大西山。

　　明代，"成祖重修紫禁城三殿，有巨木皆出于卢沟"。清王朝的三山五园，则完全依大西山而建，取材凿石，更加无所顾忌。

不堪重负的大西山，此时与永定河再次联手了，这一次带给这座城的不再是恩泽，而是惩罚。因水土过分流失，这条大河连年泛滥，"没人畜田庐甚众"。据《永定河志》记载，自金代至新中国成立的八百三十四年间，永定河决口漫溢一百四十六次，平均每五年一次。元代，因治水不利，甚至有二品大员为此丢了性命。明代，滔滔洪水甚至还冲到了紫禁城的西墙下。

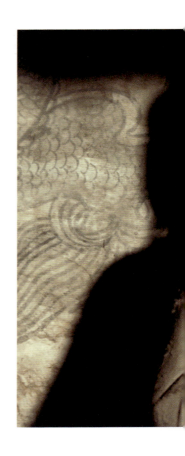

直到公元 1698 年，康熙帝下旨治理这条河，赐名"永定河"，威胁帝都安全几个世纪的隐患才被消除。这尊建于明代的永定河河神像，现存于永定河出山口的三家店，它是现存于世的唯一一尊永定河河神像，见证了这条河从无定到安澜的全程。

永定河河神像（北京市门头沟区三家店）

至此，护佑北京城三千多年的大西山，才第一次被呵护、被重新界定：它并不是取之不尽、用之不竭的神山。

　　大西山慷慨，除了历代帝王的宏图大愿，更有一方子民的赤胆忠心和家国情怀；大西山浪漫，除了文人墨客的诗文典籍，更有文化传承的积淀；大西山的许多地下宝藏奠基着城市的创建和生活的繁衍，大西山的无数道路负载着历史的重量和百姓的艰难。

　　心香袅袅，那是红尘的寄托和遥远的期盼；坟茔座座，那是灵魂的安放和后世的心愿；文脉流转，大西山里的文章写的是离合悲欢，更有天下和明天；山高水长，大西山依然过客匆匆，留下天涯此时的相知相见。

园林如家，装满历史的沧桑与文明的斑斓；烽烟已散，还有多少对家的坚守和不辍的心念。

　　怎样的山风吹拂晨昏，怎样的炊烟朝
起夜散，这一座西边的山，属于天地，属
于你我，属于空间，也属于时间。

导演手记：

一场奢华的游学旅行

/ 第一集《缘起》分集导演　刘瑜

这是一场奢侈的游学旅行。在旅行中学习、思考、提升，并付诸笔端和影像，完成一段人生的蜕变。这是我对全程参与《大西山》项目的感受。

"第一集"像只紧箍咒
从来没有做过大型纪录片的"第一集"

分集，是在 2014 年 12 月 2 日的全组会上。那天的天气怎样已经不记得了，但从那天起，重兵压境的紧张与焦虑，如影随形。"你总是不肯轻易放过自己。"这话听着像表扬，要照着以往，压力总会疏解些许，但这一次没有。

第一集，对一部有着庞大体量的视觉作品而言，重要性和难度不言而喻。于是，这场原本充满快乐期许的游学之旅就这样带着“紧箍咒”开始了。

2015 年 4 月 1 日，这是一个充满戏谑和伤感的日子。“凌晨 2 点多，找到一个故事。”

2015 年 9 月 1 日，开学的日子，出了第一稿。“如同孙悟空摘下了紧箍咒，晚上放开了撸了一顿串儿！”

2015 年 9 月 10 日，迎来了第一场秋雨。《大西山》文稿的第一次审定会。迟到了，听了一上午，最后要散会了，我赶紧问：“我的第一集呢？我还没说呢呀！”这才知道，迟到的那段时间，负责把文案第一关的孙利华主任已经给了两个字：“不错。”

2016 年 1 月 13 日，文稿推进会。“你的文字还可以再野蛮一点。”乔卫老师的话，让我服帖耷拉的毛，顿时间奓了……

2016 年 3 月 31 日，又是一个轮回。肆虐了 2015 年整年的雾霾，再次席卷了这座城市。第一集的文稿，在粗编之后重新审视，像是被揉皱了的丝绸，我要再次抚平它。就像是办喜事儿，不到典礼的那一刻，总不能完全放下。不能放下。

我所理解的“大西山”与《大西山》

寻找属于《大西山》独有的语境，是我遇到的第一个难题。我

北京最高峰灵山，海拔2303米

们期待重新发现历史，但那是一种奢望。我们重新构架了历史的脉络，找到能够解读大西山的新视角。如同堆积木，那些木块是早有的，但我们用自己的方式重新搭建，让世人看到了一个全面、多元、与现实紧密勾连着的大西山，这算不算是一份功德呢？

我们一直在寻找，寻找故事性叙述、文献类解读、历史层面解密，以及随之而来的交互杂糅，最终凝练出一种特有的讲述方式，它只属于《大西山》。这是 18 个月来，我一直在做的事情。直到 2016 年第一轮春花绽放，还在做"捋顺"的工作。

寻找一条以大西山为背景、能够贯穿北京发展的中国历史线索，是我所理解的关于《大西山》第一集所承担的任务。它就是我的"紧箍咒"。18 个月来所有的极喜极落，都因此而生。

怎么破？于是，有了这样的目标：

★ 内容的独特性和史实性

关于大西山的解读，有其特殊性。一直以来，竟然没有一部关于大西山的专著，没有关于大西山地理位置的权威界定，它的存在与北京城的关系、与北京人的关系、与中国历史发展脉络的关系，仅散见于众多文献、论文、著说当中，不成体系，也无规律总结。这是我们遇到的文献类的困境：无章可循。

但同时，也是这部人文历史纪录片《大西山》的价值所在。它恰恰填补了这个空白。《大西山》完成后，将成为一部里程碑式的作品，力争成为研究大西山、研究北京城的依据，系统性、专业性、权威性是它最大的特色。

　　而我们，也成了第一批全面系统研究、介绍、推广"大西山"的职业媒体人，在成为半个专家之后，留在心底的还是对那一片山的深深敬畏。

　　★文化价值和美学价值

　　"大西山的美，是北京之美的浓缩版。"这是第一集里的一句解说词，也是 18 个月来，沁染于此的感受之一。

　　大西山之美，来自它蕴含的丰富的文化价值和美学价值。自然风光、历史遗迹、人文精神的汇聚等等，都是大西山的魅力所在。作为分集编导，找到展现这种美的途径，是修行也是功课。

　　如何体现大西山的文化价值？是十集合力而为之。作为第一集，

工作人员在灵山峰顶拍摄日落

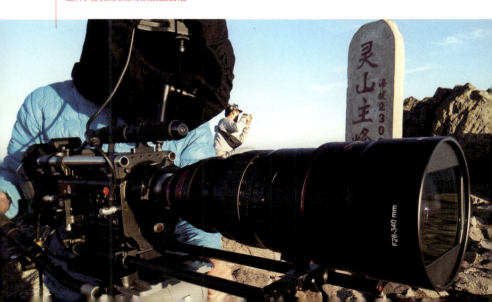

以"缘起"为主题，通过山、水、人、城、情这五大脉络，构架出大西山独有的气韵。山之雄浑、水之刚柔相济、承载着世界东方古人类起源的神秘台地、并构建出中华版图上最早沐浴文明之光的黄金之地，以及后世对于这山、这城、这人的种种呵护与重建，都将成为今天的我们"解读因果的样本"。

它成为一个坐标，让生活在这座城市的人们对"北京"二字做出重新界定，而不单单以房价、一年能看多少场顶级文化演出等指标来评价这座城市。

如何体现大西山的美学价值？作为视觉艺术，画面是唯一的载体。为展现大西山的气韵与内涵，《大西山》剧组调集了目前影视制作中最全面的视觉展现手法：航拍、特殊摄影、逐格、水下摄影、美术绘画、三维制作、情景再现、实景拍摄……

最终，构建出一座真实灵动的大西山：它是有生命的，它是背负着历史责任的，它是四季轮回的，它是穿越古今的……这是属于北京猿人的大西山，是属于金章宗、康乾大帝的大西山，是属于曹寅、纳兰性德、徐志摩的大西山，也是属于马可·波罗、司徒雷登、熊希龄的大西山，是属于香客、驮夫、山民的大西山，也是属于英雄的大西山……

大西山的文化价值和美学价值，构成了它不可替代的魅力。

★历史的情趣

大西山的情趣，隐藏在诸多的细节里。

那是大西山与五大水系联手、共同塑造北京小平原的鬼斧神工；

那是贾岛与马致远、曹寅与纳兰性德等几代文人墨客，惺惺相惜铸就的千年文脉；那是"大青不动二青摇，三青落在卢沟桥"的动人民谚；那是马可·波罗眼中的繁华盛景和司徒雷登眼中的悠悠燕园；那是京西古道上深深的蹄印和妙峰山上袅袅不断的香火；那是八大水院的碧波荡漾与三山五园的洪迈帝王之相；那是金戈铁马的征战和英雄绵绵无期的魂归之路……

"记事者，必提其要。"面对纷繁复杂，我们需要用智慧进行梳理。千百个信息点，每位编导都搜集了几百万字的资料、书籍，上百位专家填鸭式的知识轰炸，考验着编导的综合梳理能力和归纳提升能力，"读书等身"要化成 5000 字的文稿，无异于一次泣血而行！

耳边只剩下恣肆的山风

一部好作品，是智慧与辛劳的结晶。在《大西山》的创作中，影像的获取绝对是与辛苦付出画等号的。2015 年深秋的那一次永定河源头的探访之旅，让我记住了呼啸肆虐的山风与那一抹惊诧人心的秋色。

抵达宁武县是 11 月的第二天。整个县城里弥散着比以往更加浓重的煤烟味儿，像是在拉响一个警报：冬天，马上就要来了！就在两天前，入冬以来的第一场雪刚刚撒过这座雁北小镇。《大西山》摄制组几乎是踩着残雪来的。

高悬的暖阳，带着秋天的舒爽氛围，让刚刚抵达的摄制组一行

摄制组携带设备，爬往灵山拍摄，通往峰顶的路为半人工道路，十分崎岖

10人，略感轻松，但经验丰富的导演，在内心隐约感觉到一种激战前的假象。

一行人兵分两路。

航拍组在西坡寻找带前景的试飞地点，摄制组则带着电动轨、两台摄像机以及附属设备爬上视线最好的北坡，寻找驴友在网上晒照片时锁定的最佳视角。

顿时，太行山麓凛冽的秋风立即给全组人一个下马威：你们，穿少了。时间不过是下午3点，肚子里还有硬邦邦的莜面扛着，但是，寒冷还是透过 N 层抓绒衫、保暖衣、牛仔服……在每一个人的皮肤上写下管涔山的威力。

管涔山的海拔只有 2700 多米，相对于高原简直是小儿科，在毫无遮拦的山顶，编导和摄影师静静地守护着那台 5D 摄像机，延时镜头在机身内部刻画，呼啸的山风在耳边恣肆。

天地之间，似乎静止了，只有风声和心跳声。

一动一静之间，《大西山》摄制组完成了开篇第一集中最为重要的一个画面。

水下摄影
管涔山之行拍摄重点

水下摄影，是此次管涔山之行的拍摄重点。

一台被防水罩呵护着的 5D 摄像机，是今天的主角。

那两双放在岸边的 44 号大鞋，是摄影师孟孟和王莹的。这天下午，他俩换上了一双高帮雨靴，完成了精彩的水下摄影拍摄工作。

防水罩与雨靴，在摄影师眼里，绝配。

天池水，冰冷刺骨。吉林和内蒙古长大的小伙子，原本对寒冷是漠然的。但徒手带着机器下水后，才知道，20 秒与极限画上了等号。

雨靴下水后，会荡起水下沉积物，待一切尘埃落定才能开机，而这个时候，毫无保护的双手，已经快要不听使唤了。

一次，一次，又一次……

摄制组对管涔山天池进行水下摄影

下水、等待、开机、拍摄……

忍耐、出水、擦手、关机、回看……

一遍，一遍，又一遍……直到设计好的一组镜头完成。"手没感觉了，但拍摄的手感却越来越好。"好几个小时不说一句话的摄影师，难得开了口。

3个小时，最终在片子里呈现的只是一个镜头。

从来跟护手霜绝缘的两个小伙子，在拍摄结束后，没有拒绝女导演递过来的那支小管儿，里面的白色油脂默默地裹挟着一双已经失去知觉的大手，等待它慢慢回暖。

时英男带领的航拍组走过不少地方，这次来管涔山天池，是想完成一次视觉突破。

从抵达的第一天就开始找点、试飞，直到第二天黄昏，才寻找到所有人都满意的最佳拍摄点。而这段时间，超过30多个小时，管涔山的风，至少有5级，一直考验着这支航拍团队的技术和胆识。

从一排松林的背后起飞，越过那一片在寒风中依然青翠的绿色之海，视线随着八爪飞行器的高度陡然开阔，完整的天池全貌尽收眼底。当观者刚刚从心底的那一声惊叹中回过神来，镜头已急速下降，横扫过那片湛蓝的水面，一直延伸至远方……

就是这样一个连贯的画面，小时的摄影团队，试飞了10多次，终于圆满收官。

"一个难点在于横跨距离长，约有两公里，对于机器和操控都是挑战，另一个突破在于，仰拍、全景、俯冲，多角度镜头一气呵成，的确漂亮！"

已经跟《大西山》摄制组摸爬滚打大半年的小时，觉得这一天过得特别开心。

在摄制组离开管涔山的那天，天阴得让人心寒，不知道是霾还是烟尘，总之，整个镇子都被黑白灰罩住了。不过，我们还是长长地舒了一口气，真是赶上了！感念老天爷给了我们秋日里最后一抹艳阳，让《大西山》完成了最珍贵的一组外拍！

结 语

两年（我实际参与是 1 年零 6 个月），对一个新生儿来说，是从襁褓到踏实走路的过程，告别尿不湿，能留下粗线条的画作。

走出拍摄《大西山》的日子，就在黄金 5 月。天下没有不散的筵席，只是，座上宾的我们，会长久地迷恋于此，那些可爱而强悍的合作伙伴，那些赛过高考时分的焦灼与争执，那些留存心底的深深的感悟和敬畏，都是这场奢华旅行的收获，并在我们的生命中留下永久的印记。

再谈《大西山》

1. 最触动我的事情

其实就是文稿的敲定。海量的信息汇涌而来，我感觉自己要窒息，要沉溺了。寻找到那条以大西山为背景、能够贯穿北京发展的中国历史线索，是一直非常困扰我的症结。第一集，既有属于它的特质，也要承担整个系列片的统领重任，在故事的选择上，既要规避过于细致深入的具体事例，以便与其他各集相区别，又不能违背基本叙事常规，过于"高大上"而不接地气。

对于文稿，我有清晰的时间记忆：故事点的寻找、第一稿出稿、第一次评定、被否定、修改、粗编后再修改……直到现在，还不甚

满意。总是有更好的表达，让我不能就此封笔。或许直到 2016 年 5
月 18 日播出的那一天，才能真正画上句号。

2. 最艰难的场景

都是非常有经验的编导，其实没有最艰难，只有好上加好！

国贸三期的外拍，一直在等待中，直到封镜的通告下达，还在
反复思量。

天气是原因之一，它直接影响了拍摄效果。在 2015 年，我曾就

摄制组在拍摄管涔山天池的全景，右一为分集导演刘瑜

拍摄的效果，询问过 5 位资深的摄影师，认真研讨可行性。即便在天气极端优质的情况下，也不能确保实现西山全貌的清晰呈现。

但我不想放弃。

在国贸三期看西山，是展现大西山魅力、传承山与城的最佳方式。这里是目前北京的地标性建筑，在那里，庞大会变得渺小，远方会成为近前……它契合了《大西山》对于古今勾连、山城相依的内蕴，也是作为编导的我，最值得骄傲的设想。

它来源于几个月的苦思冥想，来源于林语堂的《大城北京》、

永定河源头——山西宁武县管涔山天池，摄制组在对管涔山天池进行逐格摄影

侯仁之的《讲北京》、陈平原的《北京记忆与记忆北京》《燕都说故》……也来源于第一集永恒不变的压力：开篇，必须有开篇的气势与巧思。

接下来，与负责三维制作的特效师黄锐反复沟通，最终我们决定：三维制作先行，用特效实现，来看效具。同时看天气，大西山护佑，天晴气朗，我们再出发登顶。

3. 作为女性导演，和男性导演的区别

这个问题，我乐了。

不觉得吗？女性导演在面对文稿的万千气象与大山大水的急难险重时，都是女汉子。而每一位男导演内心，同样住着一位纤细、敏感和心细如发的女娇娥。

大型纪录片的导演，是最可爱的合体人。兼具多种气质，能游刃有余地入情入理，出戏入戏自在偶得，那时候的他与她，不再是那个具体的人，而有了一个统一的称谓：导演！

4. 导演荐书

这 18 个月，看了很多书，看了很多纪录片。这让我大开眼界，同时也自惭形秽。以至于拖延症屡屡犯，因为内心总有一个声音在说：这个不好，还有更好的。

功夫在画外。

所以，我推荐美国作家罗伯特·麦基的《故事》。

它很厚，蓝色的封皮，绒面的手感让人很舒服。

对这本书，"豆瓣"里是这样评价的：它所论及的是形式而不是公式。麦基以 100 多部影片作为示例，向读者传授了一种银幕剧作的原理。说白了，就是教你怎么讲故事。

看完，或者觉得无用，或者它的威力在日后一个不经意的时间跳出来，吓你一跳。

5. 眼中最美的西山

一年四季的西山，都有美景。那是外化的，是可数的。

在我看来，以前去西山，是带着导游图。

现在，我会在大觉寺感受金章宗筹建八大水院的悠然，也会在香山感受乾隆帝"我到香山如读书"的畅快，到了周口店不会再对着猿人洞脑补纪年，而会捧一束小花，去看看园区半山腰那 5 位长眠于此的中国古人类学的顶级大师……不一而足。

因为做《大西山》，构建并强化了自己的知识结构，形成了信息的网状构架，见一而知三，这或许该是大西山留给我们的财富，让我们看到的那些风景，便成为最美的。

大西山

Great Western Hills

基石

人类生存于大地，春耕秋收获得粮食，繁衍生长。人类在土地上生存，获取土地之下的自然恩赐，存续发展。

近百年前的 1919 年，因为靠近京西煤矿和永定河，当时执政的段祺瑞政府在北京石景山东麓筹建"龙烟铁矿公司石景山炼厂"。从此，生活在北京这座城市的人们发现从西部飘来的风中有了种不同的煤烟味道。石景山周边的树木花草甚至覆盖着一层特殊的灰尘。曾几何时，飞溅的钢花成为京西最耀眼的景致。

深藏于大西山的煤炭，成就了一个城市的工业发展，构建了北京近现代工业文明的雏形。在京西，有当时规模最大的钢铁企业，最大的发电厂、石灰厂，中华人民共和国成立后又建设了东方炼油厂，也就是现在的燕山石化公司。在一个国家首都的特定区域有着如此规模和密度的产业布局，在世界上堪称绝无仅有。机械的轰鸣、成片的厂房，给北京这个原本充满农耕文明气息与人文传统的城市，平添了一些工业文明的铿锵特质。

十集大型人文历史纪录片《大西山》	
第二集	《基石》

1975 年，北京市文物考古工作队挖掘门头沟区龙泉务村的辽代瓷窑遗址时，发现了大量烧瓷用的煤炭和煤渣层，由此可以推断煤在辽金之前就已经在这里出现并使用。

龙泉务村（北京市门头沟区）

龙泉务瓷窑遗址

龙泉务瓷窑遗址：它是北京地区首次发现的一座具有代表性的北方辽代瓷窑，也是华北地区最大的一处辽金瓷窑遗址，总面积为 2.76 万平方米。其产品主要为白瓷，分粗细两种，以含高铝、钛、低硅为特征。据化验，此窑所出瓷器烧结较好，瓷化程度比较高，应该是北京一处比较重要的辽代瓷窑遗址，它的发现为研究北京地区陶瓷发展史增添了一页重要的资料。

公元 1267 年，为了创建一座新的都城，人们在这里打下第一块奠基石，二十个春夏秋冬之后，皇城、宫殿、王府等建筑铺展着一代帝都的皇家格局，这就是著名的 元大都。在这个世界上第一个拥有百万人口的国际都市里，人们用以御寒过冬、烹饪饮食所依赖的，就是产自大西山被称为"乌金"的煤。

寒冷的冬季，偌大的故宫却能拥有温暖，那是因为这里设计了专门燃烧煤炭的供暖系统。为了保证宫廷的燃料供应，元明清几代朝廷都曾在门头沟专门设官员管理煤炭开采和运输。

山楂（大西山）

故宫的供暖系统： 清代宫中冬季取暖设备除了火盆外，还有地暖（火地），即室内地面下砌筑有火道，在室外地炕口内烧火，通过火道将热力传到室内地面，散热面积大，热量均匀，没有烟灰污染，多用于生活起居的宫殿。去故宫游览，细心的游客能在很多建筑台基上见到地炕口和排烟口。

除了煤炭，北京西山还有许多丰富的物产，也蕴藏着无数的宝藏，千百年来支撑着这个城市，养育着西山脚下一代又一代北京人。山里虽然耕地稀少，但是出产核桃、栗子、大枣、柿子、银杏等各种山货。

银杏（大西山）

柿子（大西山）

核桃（大西山）

挖煤图（效果图）

　　因为大规模建设元大都和明皇城，加上人口的急剧增长，对建材木料和柴草的需求，使得西山的森林几度被砍伐殆尽，这样民间就有了"大都出，西山秃"的悲叹。

　　大山深处，矿工们在煤粉尘埃中挥汗如雨，向山脉地层发起挑战，没有人知道，扬起的铁钎、落下的铁镐会带来怎样的收获。

　　同样的铁钎下去，有时可能一无所获，甚至还可能搭上性命。

那时候没有人说得清，大西山的下面究竟埋藏了多少宝藏，或许是一片丰厚的乌金，或许是一块硕大的汉白玉。

这黑与白构成了大西山另一种生命的底色和根基。黑与白、阴和阳在此相遇，想必这也是大西山带给子民们的又一种玄妙的启示与赐予。

黑与白构成了大西山另一种生命的底色和根基

去过故宫的人，都会对云龙阶石留有极深的印象。

故宫保和殿后面的台阶上，九条腾飞的巨龙，整块石刻雕饰华美至极。这块国内现存最大的汉白玉石雕的原料就出自北京市房山区大石窝。

云龙阶石：故宫三大殿之一保和殿后面3层须弥座高台正中的御路（专为皇帝用的路），由一块巨大的汉白玉雕成，这块御路石称为云龙阶石，长16.57米，宽3.07米，厚1.07米，重量超过200吨，是紫禁城内最大的一块石料。在这块巨大的御路石上，雕刻着9条凌空飞舞的巨龙，它们或升或降，高高地突起在巨石的表面，造型十分生动。巨龙身下是万朵云霞。石雕的下部有5座宝山，宝山之川是流畅的水纹。整块石雕运用了各种不同的雕刻手法，变化有致，主次分明，艺术价值极高。

故宫云龙阶石

汉白玉矿层（图中两条红色虚线之间）

在古代，汉白玉开采同样是一个高危的行业。优质石材埋藏较深，需要挖掘三四十米，才能见到一条一米多厚的汉白玉矿层。

采石工匠清除工作面之后，需要人工凿眼、铁錾（zàn）背楔（xiē）、切除荒料，之后马拉人拽用粗绳绞磨才能把石头从坑塘里翻出。

今天的人们难以想象，古代的采石工匠们用原始的铁钎铁镐，挖掘了多长时间才能寻到这样上好的汉白玉；我们更无法计算，为了构建皇宫的尊崇与威严，有多少人被沉重的沙石掩埋。

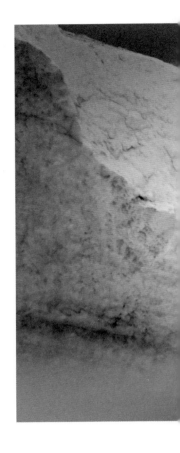

采石工匠（情景再现）

京西古道上深深的蹄窝

　　为了保障都城和皇宫里的生活和建设，在将近千年的时间里人们一直沿用骡马和骆驼这些力气大、吃苦耐劳的牲畜运输煤炭和石材。京西古道上至今还能看到它们踩踏出的一串串深深的蹄窝。

京西古道：元、明以来，京城百万人家，皆以石炭为薪。加之这里出产石材，琉璃的烧制更是闻名京城，于是，拉煤运货的驼马成群结队，日复一日、年复一年地在山路石道上来来回回，久而久之便形成了京城到西部山区，再延至内蒙古、山西的商旅道路。除了商用道，军用道、香道之间互通有无，但商用道的历史遗迹最多。过了几百年历史，它们虽显出来残败的颓相，但风情古韵犹在。可选择一小段户外徒步穿越，远古的烽烟、民族的交往、宗教的活动、筑城戍边以及古道、西风、瘦马等数不清的神奇故事，散落或留存在古道两侧，别有一番风味。

　　门头沟的名字就来自这条小河。河上的圈门过街楼位于门头沟煤炭产地的出山口，靠近京西古道和永定河的交汇处，这里一直是一条繁忙的煤炭运输线。过街楼上供着药王、文昌和关帝，过往商贾和煤老板在这里祈求健康平安、子嗣发达、财源兴旺。

圈门（北京市门头沟区）

戏楼

　　明清之际，圈门西部山中曾分布有大
小煤矿二三百座，繁盛时商旅往来络绎不
绝，运煤驼队阻街塞途。古道的两侧煤
窑、煤场、店铺、酒肆、戏楼熙熙攘攘，
这里是当年北京市门头沟区的商贸和娱乐
中心。

　　窑神庙对面有一座建于明代的戏楼，坐东朝西，专门迎接着从山里出来的矿工和贩夫走卒。台上悬挂清道光年间的匾额，上书"歌舞升平"，正是京西地区古老煤业辉煌的见证。

戏楼演出（情景再现）

西周燕都遗址（北京市房山区）

　　和煤炭运输相比较，汉白玉的运输是一项更为艰难和浩大的工程。说起运输工具，人们自然会联想到古代的交通工具——车。

　　从琉璃河西周燕都遗址出土的单辕四
厢车和单辕两厢车，证明早在三千年前的
房山地区畜力车就已经成为当时使用的交
通运输工具。

单辕四厢车遗址

运输石料（复原图）

明清时期，皇家建筑工程日益浩大，所需石材数量倍增，十几吨几十吨的大石材运输起来自然相当困难。当时运输石料主要依靠人力和畜力，在石料下面垫上滚木，用大绳捆绑石料，前面几百人拉拽，速度非常缓慢，而且相当危险，经常有人因为采石运石而受伤丧命。

凿井泼水，拖拽旱船（复原图）

更加巨大的石材运输就只能等到冬季，沿途凿井泼水，借助路面的冰，由巨大的方木连接成木排，石材架在两排方木上面，如同一艘冰上旱船缓慢地移动。

房山西南角这个叫大石窝的村镇，距离皇城一百五十多华里，如果用牲畜运载煤炭不过两天的光景，而搬运巨大的石料却要耗费近一个月的时间。冬季来临，挨家挨户都要派出劳力，每隔一里凿井一眼在路面上泼水结冰，人和牲畜联合拉拽旱船，昼夜不停，将石料运往皇城。运载巨石所动用的人力加上军工，竟然能达两万六七千人，每天行程不过五六里。但即使是这样，也并不是所有的大型石材都能够成功运抵京城。

大石窝镇： 位于北京西南部房山区，储存有极为丰富的石材资源，品质优良，其石材的开发最早可追溯至战国燕时，已有两千多年的历史。色泽洁润易于雕琢的汉白玉为建筑石材中的国宝，北京故宫等宫廷建筑及圆明园、颐和园等皇家园林所用的石料多采自大石窝。这里拥有世界唯一的汉白玉文化艺术官、"北京的敦煌"之称的云居寺等旅游景点。

泼水结冰，马拉人拽（影视效果图）

白玉塘石矿"大青"（北京市房山区）

白玉塘石矿"二青"（北京市房山区）

卢沟晓月碑"三青"（北京市丰台区）

　　在石匠眼中，汉白玉似乎具有某种神秘的力量，当地一直流传着"**大青不动二青摇，三青落在卢沟桥**"的传说，说的就是三块巨型石材开采运输中的传奇故事，大青一直无法切割开凿，整块山崖被封为禁地。二青只是拉到对面山坡屡次车毁人亡，于是再无人敢动。如今在白玉塘石矿，大青巍然屹立、二青静静安卧。只有三青是最幸运的，据说运到卢沟桥，阴差阳错被丢弃在永定河东岸沙滩，沉睡了一个朝代之久，直到乾隆年间才重被发现，被雕刻成"卢沟晓月"的石碑，矗立在桥头，观望着两岸流转的风云和不息的过客。

　　大西山，是寸土寸金的宝地，这里的泥土石砾不仅仅带给农人耕种后的收获，其特有的坩子土还能给皇家建筑带来象征尊荣的异彩。

　　中国古代建筑的屋顶材料分陶瓦和琉璃瓦。陶瓦质地粗糙，吸水性强，容易漏雨。琉璃瓦由于烧釉的表面而具有良好的防水性能，可以保护土木结构的建筑。

陶瓦

琉璃瓦

　　"琉璃"一词产生于古印度语，随着佛教文化传入中国。古代琉璃瓦造价高昂，使用上有着严格的法则和规制。黄琉璃瓦用于帝王宫殿、陵庙，绿琉璃瓦用于王府，青琉璃瓦用于祭祀建筑，黑色和紫色琉璃瓦多用于皇家园林中的亭台楼榭，五种色彩和阴阳五行相对应，这也是对中华传统哲学的一种映射。

黄琉璃瓦用于帝王宫殿、陵庙

绿琉璃瓦用于王府

琉璃之乡——琉璃渠村（北京市门头沟区）

琉璃渠村位于永定河西岸古渡口，是一座经历辽、金、元、明、清五朝的古村落。琉璃烧造是这里传承近千年的技艺。村子至今依然完整保存着古代琉璃监工官员和厂商的宅院，以及北京唯一的一座黄琉璃顶清代过街楼。从元代起，朝廷就在这里设琉璃局，清乾隆年间因为这附近出产制造琉璃的坩子土和烧窑的煤

炭，便将皇家琉璃厂从城里迁至此地，后来又
修建水渠进村，村子因此得名琉璃渠。

京城及周边所有皇家的重要建筑，皇宫、
皇陵、园林使用的琉璃饰件，几乎都由琉璃渠
的瓦窑烧制。

北京现存唯一黄琉璃顶清代过街楼

古法琉璃制作图

　　琉璃瓦最主要的原料是产自门头沟山区煤矿的伴生品煤矸（gān）石，需要三个寒暑的露天暴晒，经过粉碎研磨，变成坩子土，再浇水沤泡十来天，类似做面食和面、发酵饧（xíng）面的过程。有经验的师傅判断出坩子土真正"成熟"，这才可以进一步加工搅拌，压制成坯。

　　古法琉璃的制作工艺相当复杂，火里来、水里去，要几十道工序才能完成，需要十几天的时间，而且主要依靠手工制作。当中各个环节的把握难度很高，调制釉色，炭火烘烧，产生窑变。老师傅们讲究的是烧原木但不能冒烟，其火候掌控之微妙甚至可以说一半靠技艺一半凭运气，出炉成品率不足十分之七。更关键的是，古法琉璃不像金银制品，不可回收再造，一旦出现瑕疵，十数天、几十人的努力就会付诸东流。

　　自然的赐予、生存的艰难、生产的风险，工匠们在感恩与敬畏中相信某种宿命的存在，唯有辛勤的劳作和虔诚的祈祷才能得到上天的眷顾。

　　门头沟圈门，有京西唯一留存的窑神庙，这里是煤炭业者心中圣殿一般的所在，窑神福佑禳（ráng）灾，才能保得大家温饱安宁。

窑神

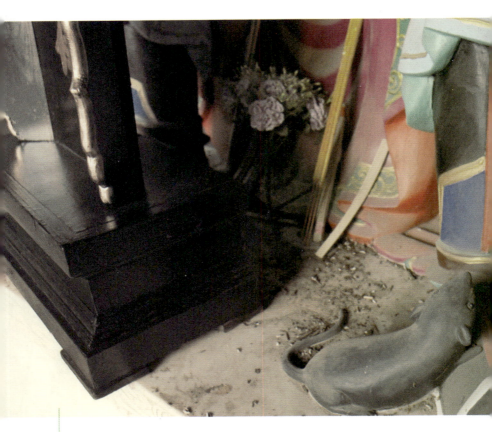

窑神庙里的"小窑神"

窑神庙里供奉的又是哪位神仙呢？有人说是魏老爷，传说魏老爷总是倒提着一串铜钱，下端没有系扣，慷慨散财。还有人说，这是一位叫崔义的矿工，在一次重大矿难中，他挺身而出救助窑工转危为安，自己却被巨石砸死。人们感念崔义，把他供奉为窑神。

在京西的煤矿，还有一种祭拜老鼠的特殊风俗，甚至有人还把老鼠供奉为"小窑神"。

矿工们在缺乏安全保护的巷道里爬进爬出，随时会有瓦斯泄漏和塌方冒顶的危险。而老鼠的听觉和嗅觉异常灵敏，能够察觉灾害发生的先兆。有经验的矿工一旦发现井下老鼠反应异常，就会迅速跟随老鼠逃跑的方向撤离。挖煤人从不打老鼠，也不养猫，在井下见到老鼠会尊敬地叫一声"窑神爷"，很多矿工还省出自己的干粮喂养老鼠，老鼠俨然变成了通灵的神物。

京西有一句谚语，大旱大不过五月十三，说的是每年的九月初一到来年的五月十三是采煤的最好季节，因为雨水少便于井下作业。每年开窑，窑主们都要到窑神庙祭祀，祈求平安。窑工们祭祀窑神主要在腊月十七，传说这一天是窑神的生日。窑主摆设香案，供上窑神像，贴上"乌金墨玉冠京华，石头光恒满乾坤"的对联。这一天，窑主都会请窑工们好吃好喝，放假一天。

祭祀窑神（情景再现）

而房山的石匠们在代代传承的过程中，也形成了一套石作工艺和习俗信仰，每年的石匠节，拜祖师爷、祭山神。但令人想不到的是，石匠行的祖师爷竟然是木匠鲁班。

房山大石窝村北曾建有一座**鲁班庙**，庙里端坐着鲁班的泥塑，旁边放着墨斗方尺。石匠们使用的许多工具据说都是鲁班的发明。每年农历三月十七日，大石窝、高庄一带，石匠们放假一天，都要到鲁班庙祭拜。

鲁班庙（北京市房山区大石窝）

祭拜窑神，太平鼓响。这是煤矿工人的亲友们祈求亲人平安归来的祭祀舞蹈，从明代起就在京西流传。2006 年，京西太平鼓被列入第一批国家级非物质文化遗产名录。

古老的鼓点从历史叩动到今天，人们在鼓声的敲击中呐喊、跃动，抒发着心底的亢奋与激情，是在努力地找寻着往昔的太多记忆，也是在尽情展现着对未来的无尽向往。

京西太平鼓

京西太平鼓：太平鼓唐代已有，满族打击乐器，外形与团扇相似，多配合舞蹈动作敲击。太平鼓又称"单鼓"，亦称为"猎鼓"。用于祭祀、祈福的歌舞表演，以后用于民间欢庆新春佳节娱乐活动。旧历除夕、灯节时人们都击太平鼓并演唱、舞蹈，成为一种叫作"太平鼓"的歌舞形式，以求"太平"之意。太平鼓是一种老百姓自娱自乐、集体传承、集体发展的传统舞蹈，具有广泛的群众基础和深厚的历史渊源，在当地的民俗活动中发挥着重要的作用。太平鼓自明代起在北京流传，清初，京城内外太平鼓极为盛行。

2006 年 5 月 20 日，"京西太平鼓"经国务院批准列入第一批国家级非物质文化遗产名录。

京西太平鼓

汉白玉文化博物馆

　　大西山，是北京城的能源基地，这里的煤炭给养着城市，列强也曾经将这里作为海上兵舰的能源补给；房山汉白玉，奠基起皇城，大石窝的石材刻写着一千多年的政权更迭和朝代变换；始建于 1919 年的首钢集团，新中国成立前三十年累计产铁二十八点六万吨，中华人民共和国成立后创造了中国钢铁业的许多个第一，首钢支撑着首都乃至全中国大工业的脊梁。

　　然而，多少年来，在为首都提供能源与建材的同时，大西山也因为长期开采、开发造成水土流失，大量的矿渣和扬尘产生，人们认识到，北京地区自然形成的大气污染本底值很高，环境容量非常有限。

如今，北京城市总体规划将西部确定为生态涵养发展区，主要任务是加强生态环境建设和保护，探索生态友好型产业发展之路，目标是建设国家生态区，建成首都坚实的生态屏障。按照这一功能区定位，门头沟区和房山区已经关闭了全区绝大部分的乡镇煤矿和非煤矿山，同时关闭了石灰土窑、沙石场。一场生态修复之战在太行山余脉展开。

首钢搬迁，八百万吨级的大型钢铁企业从京西迁往河北曹妃甸，这是一个庞大浩繁但意义非凡的壮举。

屈指可数的煤矿，已近枯竭的地下汉白玉，清淡寥落的琉璃瓦生意，钢花飞溅的画面渐行渐远，一段历史和使命终结，无数记忆存留，有怀念与感慨，更有想象与未来。反哺西山，反哺自然，明天的画卷才会更美更新。

首钢集团

北京城是大西山孕育的孩子，如今爱北京、在北京的人们郑重而迫切地面对自然与人、山水与城市、资源与环境的深刻命题。

有人把土地比作母亲，因为土地总是像母亲一样隐忍而包容，一座城市的发展奠基于土地之上，繁盛于自然赐予。

山川无言，千百年来无私付出，倾其所有，让人类生长繁衍，给家园以温暖。生息迭代，离乱兴亡，土地之基始终承载着历史前行的步伐和重量，土地之石始终支撑着人类文明的生长与繁荣。

反哺西山，反哺自然

导演手记：

基石奠定了北京城的风骨

/第二集《基石》分集导演　卢晓南

　　《基石》这一集的拍摄经历了漫长的构思和等待，犹如目送一位巨人远去……本集拍摄的主要内容：一是房山的汉白玉石座文化；二是京西的煤业；三是琉璃渠一带琉璃瓦的烧制。它们给北京城（特别是北京皇城）的建设提供了特别坚实的、华美的、非凡的物质基础。

　　这一集充满了悲壮的色彩。

　　看到"基石"这两个字，好多人会以为本集讲的是文学层面上的事情。会把"基石"当作一种精神上的象征。其实，不论从精神的层面还是从现实的层面，这一集讲的都是实实在在的基石。

无论是白色的汉白玉、黑色的煤，还是五彩斑斓的琉璃瓦，它们都来自大西山的地层中。经过开采、打磨、水与火的淬炼，最终变成了给我们提供光明与温暖的物质基础，以及华美皇家的优质建筑材料。从这个角度讲，它们给北京皇城的建设提供了特别好的基础。

我把它们称为基石。

困 惑

这一集在策划过程中，让我感到非常的困惑和艰难。当我们把拍摄内容确定下来后，却发现特别不好把握。因为素材中没有人，没有故事，没有情感，也没有体现文艺的情怀。所以一开始，我对这一集的处理和完成感到非常的忐忑。几乎想象不出这一集拍出来后是什么模样。

另外一个问题是：这一集讲述的情景画面很容易让人联想到"脏兮兮"这个词。荒山野岭、工地、机器轰鸣、齿轮飞转……从视听效果来讲，缺少了美感。除了内容的选择和表现的形式非常特别之外，如何把脏乱差的工地和作业过程拍出一定的观赏性和光影效果也是非常烧脑的。

突 破

由此，我们就开始了一个很漫长的采访、学习、深度挖掘的过

摄制组前往煤矿拍摄地点的路途中

程。在走访的过程中，我们深入了解到了这几个行业的特点和从业者的性格轮廓。工艺本身的要求和对人的磨炼无形当中对生活在大西山的人和大西山的性格，以及为北京城和北京人的风骨，打下了一层底色。这是我们后来挖掘出来的一个主题。

同时，我们用更多的时间和心思去找寻和讲述这些行业中的风俗、故事和传奇，刻意减少、回避了工地现场施工的场景和画面。

举例来说：

汉白玉

故宫里到处能见到汉白玉的身影，但是汉白玉的出身却很不简单。汉白玉通常深埋在地下三四十米以下的岩层，这个岩层非常的窄，大约只有 1 米到 1.5 米宽。跟随工人师傅们拍摄后，我们才第一次知道了汉白玉的出身轨迹。

鲁班庙

房山大石窝的石匠们有一位非常特别的祖师爷，因为这位祖师爷居然是一个木匠，他就是鲁班。在石矿的山坡上，有一个鲁班庙，石匠们每年都会来此祭祀。此外，房山"诞生"的三块传奇的石头，我们在《基石》这一集中也讲述了它们的命运故事。

小窑神

说起煤矿，好多朋友都有不好的印象。但我们的镜头带给大家的却是一个很有意思的现象：煤矿工人在井下有一位特别亲密的朋友——老鼠。矿井底下的工人对这里的老鼠特别友好，时不时地还会喂它们好吃的东西。矿井里还会挂起老鼠的像。从业者告诉我们，一旦井下瓦斯泄漏，老鼠的反应会特别快，这也给工人逃生争取了更多时间。也因此，老鼠在这里被敬为"小窑神"。

琉 璃

故宫里黄色和绿色的琉璃瓦对游客的视觉冲击是绝无仅有的。

我也相信不少观众对琉璃瓦的制作有所了解，但很少有人知道琉璃的烧制有什么样的讲究。在《基石》这一集中我们就专门对这部分内容做了详细介绍。据了解，烧制琉璃的坩子土要在院子里暴晒3年。后经磨碎，还要用10天的时间让它像面一样"发酵"。之后，有经验的师傅一尝或者一摸，就能知道这些坩子土能否用来烧制琉璃。

而为了拍摄琉璃制作的画面和场景，我足足等待了将近一年的时间。由于市场的不景气，我是一直等到本片拍摄快收尾的时候，才赶上了琉璃开窑的时机，最终拍到了珍贵的画面。

摄制组在煤矿拍摄，左一为分集导演卢晓南

摄制组在门头沟区大石窝，通过摇臂拍摄采石场

直面危险

进入煤矿矿井拍摄是很危险的。我们随身携带的电子拍摄器材和灯光设备进入井下，具有很大的安全隐患，也很容易造成粉尘的爆炸。为了给大家带来真实的画面，我们联系了多个政府部门，经过与煤矿管理方的多次沟通，在确保我们做了仔细周密的安全防护措施以后，最终我们被许可进入了井下较浅的位置进行拍摄，但那也下到了地下 100~200 米的位置。

拍摄结束后，我才深切体会到现在的煤矿管理是非常严格、非常谨慎的。也颠覆了我们传统观念上对煤矿管理的理解。

尾 声

对于整部片子的结构组成，我们也经过了反复的讨论和分析。比如，究竟是一部分一部分地讲述，比如先讲汉白玉再讲煤再讲琉璃瓦，还是各个部分穿插着讲述。经过反复推敲后，我们决定采用合并同类项的方式把故事和画面呈现给广大的观众朋友。这样既不会单调也不会显得混乱。

透过本片你一定会从冰凉而坚硬的基石中感受到大西山特有的温度和气质，一定会有新的发现，相信大家不会失望。